슈퍼짠

고래밥 마을과 젤리 친구들

신동혁

슈퍼짠

고래밥 마을과 젤리 친구들

신동혁

이틈사

일러두기

이 책은 전시 〈슈퍼짠〉과 짝패를 이루는 동화집입니다. 전시 〈슈퍼짠〉은 어린이·청소년을 위한 예술지원사업 선정작품으로 슈퍼를 매개로 한 작품들을 네 개의 공간으로 구성, 각 공간을 상상 속 슈퍼의 모습으로 형상화, 작품으로 구성한 전시입니다. 전시에서는 네 개의 작품「고래밥 마을」「젤리 친구들」「쵸핑크」「슈퍼폴짝」을 선보인 바 있습니다. 이 책의 착상은「고래밥 마을」과「젤리 친구들」을 관통하는 아이디어와 테마를 뿌리 삼아 이루어졌습니다.

전시가 '귀여움'을 탐구하며 이루어졌다면, 이 책의 주된 플롯은 '반 편성'이라는 테마에서 기인합니다. 새로 편성된 반을 마주하는 순간은 유년 시절을 지나오는 누구나 매년 겪어야 하는 시간입니다. 그 순간은 그러므로 **슈퍼짠**과 우리를 연결하는 중요한 지점이 될 수 있습니다. 어떤 이유로든 무리에서 소외된 경험을 가진 주체들이 공동체를 이뤄 사는 「고래밥 마을」의 풍경은 어린이·청소년들이 경험할 수 있는 반 편성의 모습처럼 우리가 사회 속에서 겪을 수 있는 낯섦을 마주하는 다양한 순간들을 은유합니다.「젤리 친구들」에는 그 과정을 마주하며 피어나는 우정, 친구들과의 설렌 만남과 유쾌한 관계 맺기의 시간을 통해 조금씩 새로운 반 편성이라는 낯선 분위기의 감각을 마주해가는 우리의 모습이 담겨있습니다.「슈퍼폴짝」은 이 책의 에필로그로 수록되었지만, **슈퍼짠**을 관통하는 모든 발상과 고민의 프롤로그 성격 또한 담지합니다.

슈퍼짠은 결국 어린이·청소년 자문위원 '바다의 하루', '바다의 나무', '심지원'이 좋아하는 과자와 젤리 그리고 다양한 취향으로부터 출발하여 우리 모두의 어떤 순간을 찾아가는 여정과 다르지 않습니다.

고래밥 마을	6
젤리 친구들	62
안녕히 슈퍼폴짝	92

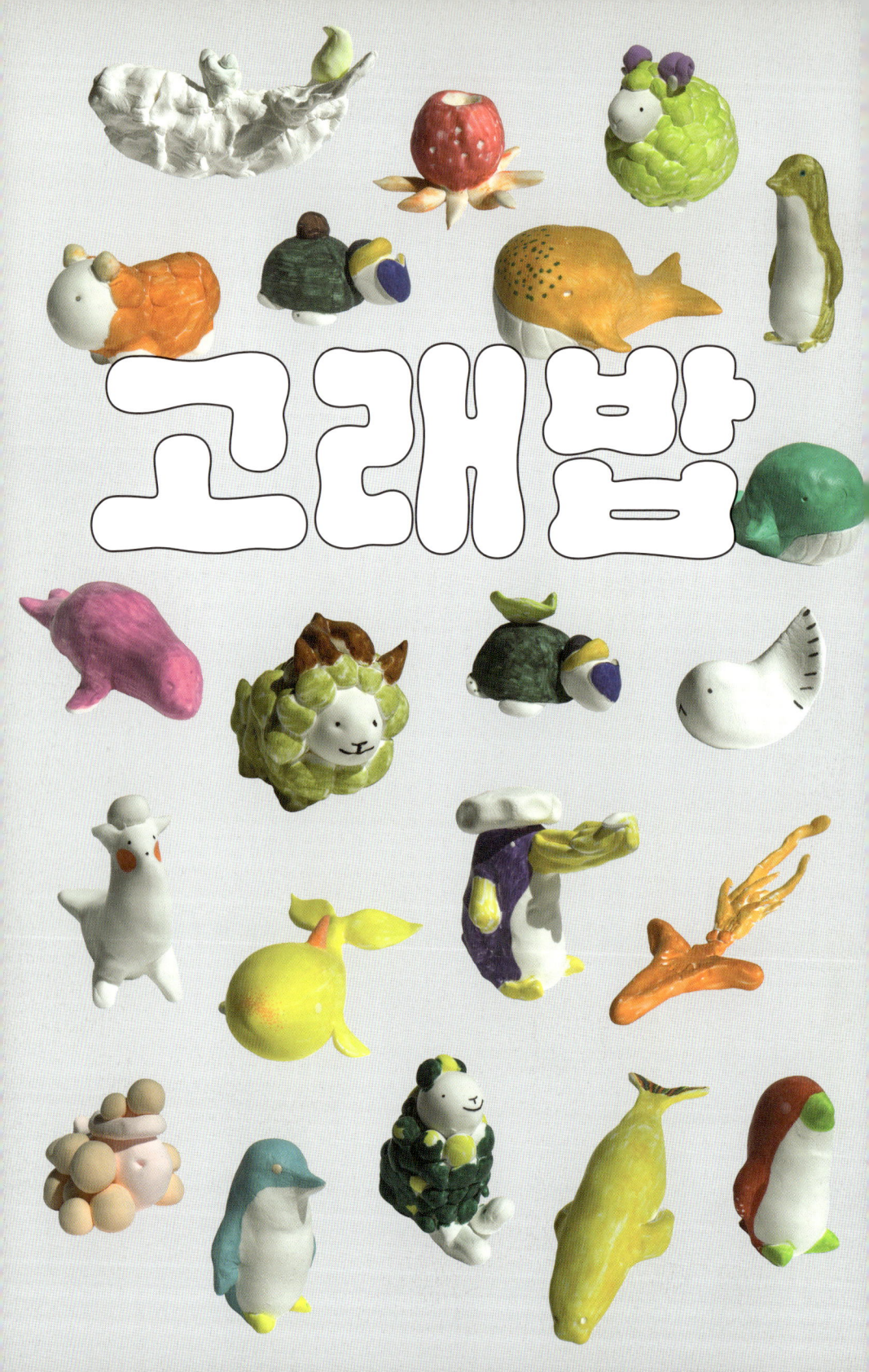

황금사과를 키우는 고래
루미노

- 과일
황금사과
- 귀여움
반짝반짝(Goldgold)
작은 빛의 반짝임과 그 속에
담긴 깊은 감정을 나타내는
귀여움.
- 색상
빛이 도는 흰색 몸과
형광색 지느러미.

바나나를 키우는 펭귄
바니

- 과일
바나나
- 귀여움
말랑말랑(Softsoft)
말랑하고 촉감이 좋은
귀여움.
- 색상
보라색 몸과 노란색 부리.

배를 키우는 펭귄
배이비

- 과일
배
- 귀여움
푸릇푸릇(Greengreen)
상쾌하고 푸른 느낌을
주는 귀여움.
- 색상
밝은 연두색 몸과
분홍색 부리.

오렌지를 키우는 펭귄
오리

- 과일
오렌지
- 귀여움
톡톡(Twinklepop)
경쾌한 소리가 나는
귀여움.
- 색상
금색 몸과 에메랄드색 눈.

딸기를 키우는 펭귄
베리

- 과일
딸기

- 귀여움
둥글둥글(Roundround)
둥근 모양에서 오는
귀여움.

- 색상
딸기 색의 붉은 몸과
하얀 점들.

레몬을 키우는 펭귄
레미

- 과일
레몬

- 귀여움
하늘하늘(Skysky)
하늘에 떠있는 느낌의
귀여움.

- 색상
하늘색 몸과 연노란 눈.

파인애플을 키우는 펭귄
파이니

- 과일
파인애플

- 귀여움
뾰로롱(Sparklesparkle)
마법처럼 신기한 귀여움.

- 색상
파인애플 껍질을 닮은
노란색 몸과
주황색 부리.

포도를 키우는 양
그레이피

- 과일
포도

- 귀여움
몽글몽글(Fuzzfuzz)
몽글몽글한 느낌에서
오는 귀여움.

- 색상
보라색 털과 은빛 뿔.

복숭아를 키우는 양
피치

- 과일
  복숭아

- 귀여움
  살랑살랑(Swishswish)
  살랑살랑 흔들리는
  모습에서 오는 귀여움.

- 색상
  복숭아색 부드러운 털과
  금색 눈.

수박을 키우는 양
무등이

- 과일
  수박

- 귀여움
  방긋방긋(Smilesmile)
  웃는 얼굴에서 오는
  귀여움.

- 색상
  연두색 몸과 갈색 뿔.

멜론을 키우는 양
허니

- 과일
멜론

- 귀여움
토실토실(Plumpplump)
통통한 몸매에서 오는 귀여움.

- 색상
연한 녹색 몸과 연보라색 뿔.

망고를 키우는 고래
망고

- 과일
망고

- 귀여움
팔랑팔랑(Palangpalang)
꼬리가 팔랑거리는 귀여움.

- 색상
밝은 노란색 몸과 분홍색 반점.

대추를 키우는 가오리
추추

- 과일
대추

- 귀여움
휘청휘청(Wheechungwheechung)
휘청거리는 귀여움.

- 색상
대추보다 더 뻘건색(주취색)
몸과 꼬리

드래곤프루트를 키우는 고래
드래고

- 과일
드래곤프루트

- 귀여움
뒤뚱뒤뚱(Waddling)
뒤뚱거리는 모습에서 오는 귀여움.

- 색상
영롱한 보라색 몸

복분자를 키우는 문어
럭키

- 과일
복분자

- 귀여움
꾸물꾸물(Slowandslow)
크게 꾸물거리는 동작에서
오는 귀여움.

- 색상
하늘색 촉수와 연보라색 몸.

블랙베리를 키우는 해파리
블랙

- 과일
블랙베리

- 귀여움
덩실덩실(Dungsildungsil)
덩실거리는 모습에서 오는
귀여움.

- 색상
검은색 몸과 은빛 줄무늬.

파파야를 키우는 고래
파야

- 과일
파파야

- 귀여움
부비부비(Bubibubi)
배배 꼬인 움직임에서
오는 귀여움.

- 색상
흰색 몸과 검은 줄무늬
지느러미.

매실을 키우는 양
매양이

- 과일
매실

- 귀여움
오물오물(Omullomull)
오물오물 먹는 모습에서
오는 귀여움.

- 색상
진한 녹색 털과 노란색 점.

두리안을 키우는 코뿔소
콘뿔소

- 과일
두리안

- 귀여움
뿔뿔(Bboolbbool)
뿔뿔거리는 귀여움.

- 색상
황금색 뿔과 흰색 몸.

블루베리를 키우는 양
블루니

- 과일
블루베리

- 귀여움
파랑파랑(Blueblue)
바다처럼 시원한
느낌에서 오는 귀여움.

- 색상
흰색 털과 파란색 뿔.

버찌를 키우는 고래
버찌

- 과일
버찌

- 귀여움
올망졸망(Olmangzolmang)
작고 아담한 귀여움.

- 색상
핑크색 몸과 지느러미.

살구를 키우는 고래
리코

- 과일
살구

- 귀여움
포근포근(Flufffluff)
포근하고 부드러운 느낌을 주는 귀여움.

- 색상
밝은 살구색 몸과 초록색 점.

구아바를 키우는 듀공
구워

- 과일
구아바

- 귀여움
알록달록(Rainbowrays)
다양한 색깔이 조화롭게
어우러지는 귀여움.

- 색상
노란색 몸과 알록달록 꼬리.

구아바를 키우는 매너티
와바

- 과일
구아바

- 귀여움
알록달록(Rainbowrays)
다양한 색깔이 조화롭게
어우러지는 귀여움.

- 색상
노란색 몸과 알록달록 꼬리.

만다린을 키우는 양
오만다

- 과일
만다린

- 귀여움
겹겹(Adoublelayer)
겹겹이 쌓여있는
귀여움.

- 색상
주황색(감귤계열색)
털과 핑크색 얼굴.

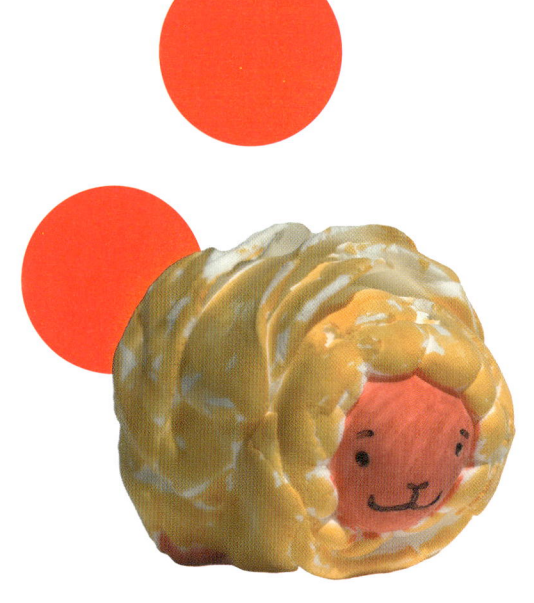

네이블 오렌지를 키우는
오징어
네이블

- 과일
네이블 오렌지

- 귀여움
쭉쭉(Jjukjjuk)
마법처럼 늘어나는
움직임에서 오는 귀여움.

- 색상
진한 주황색 몸과 연한
주황색 촉수.

피스타치오를 키우는 고래
피스타

• 과일
피스타치오

• 귀여움
푸근푸근(Pugeunpugeun)
부드럽고 따듯한 느낌에서
오는 귀여움.

• 색상
에메랄드색 몸과 지느러미.

쿠바라를 키우는 말미잘
미자

• 과일
쿠바라

• 귀여움
밍글밍글(Mingglemingle)
밍글밍글한 작은 모양에서
오는 귀여움.

• 색상
연한 보라색 몸과 은빛 촉수.

라즈베리를 키우는 문어
라즈

- 과일
라즈베리

- 귀여움
꼬물꼬물(Wrigglewriggle)
작게 꼬물거리는
모습에서 오는 귀여움.

- 색상
주황색 촉수와 붉은색 몸.

크랜베리를 키우는 고래
크랜

- 과일
크랜베리

- 귀여움
불쑥불쑥(Bulssukbulssuk)
근육질 모습에서 오는
귀여움.

- 색상
빨간색 몸과 반짝이는
흰색 코.

앵두를 키우는 해달
앤디

- 과일
앵두

- 귀여움
수줍수줍(Shyshy)
볼이 빨개지는 모습에서
오는 귀여움.

- 색상
빨간색 볼과 흰색 얼굴.

사워체리를 키우는 물개
사우리

- 과일
사워체리

- 귀여움
쫑긋쫑긋(Perkperk)
귀가 쫑긋 솟아나는
귀여움.

- 색상
빨간색 볼과 쫑긋한 귀.

아사이를 키우는 바다표범
아이사

- 과일
아사이

- 귀여움
똘망똘망(Ddolmangddolmang)
영리한 모습에서 오는 귀여움.

- 색상
보라색 몸과 꼬리.

리치를 키우는
하얀바다사자
리치

- 과일
리치

- 귀여움
부끄부끄(Bukkebukke)
쑥스러움에서 오는 귀여움.

- 색상
핑크색 몸과 꼬리.

무화과를 키우는 갈매기
피그

- 과일
무화과

- 귀여움
몽실몽실(Floofloof)
몽실몽실한 모습에서 오는
귀여움.

- 색상
에메랄드색 깃털과 흰색 부리.

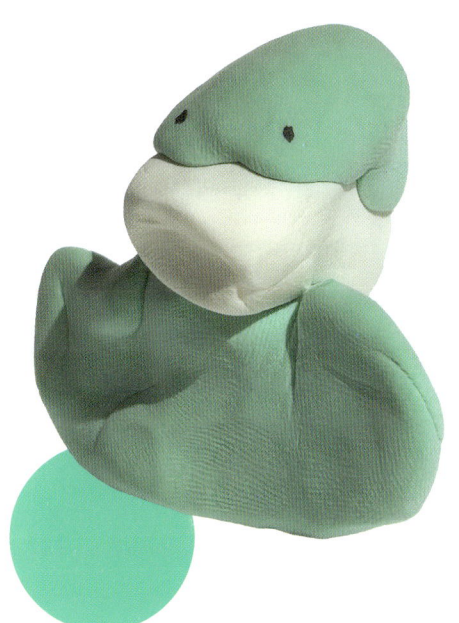

베리베리를 키우는 복어
복자

- 과일
베리베리

- 귀여움
둥둥(Doongdoong)
풍선같은 노양에서 오는
귀여움.

- 색상
진한 갈색 몸과
분홍색 눈.

스타프루트를 키우는 해마
스타

- 과일
스타프루트

- 귀여움
아장아장(Ajangajang)
아장아장 걷는 모습에서 오는 귀여움.

- 색상
연한 노란색 몸과 노란색 반점.

자몽을 키우는 고래
포멜로

- 과일
자몽

- 귀여움
몽실통통(Mongsiltongtong)
몽실통통 귀여움.

- 색상
주황색 자몽과 분홍색 몸.

참외를 키우는 조개
차미

- 과일
참외

- 귀여움
노랑노랑(Norangnorang)
노랑노랑 귀여움.

- 색상
노란색 몸과 연두색 줄무늬.

애플망고를 키우는 악어
링고

- 과일
애플망고

- 귀여움
꽃꽃(Flowerflower)
꽃이 핀 귀여움.

- 색상
그라데이션 몸.

아보카도를 키우는
육지거북
아보

- 과일
아보카도

- 귀여움
데칼코마니(Decalcomani)
대칭되는 모양에서 오는
귀여움(영원한 짝꿍).

- 색상
아보카도색 등껍질.

아보카도를 키우는
육지거북
카도

- 과일
아보카도

- 귀여움
데칼코마니(Decalcomani)
대칭되는 모양에서 오는
귀여움(영원한 짝꿍).

- 색상
아보카도색 등껍질.

커피체리를 키우는 펭귄
비몽

- 과일
커피체리

- 귀여움
비몽사몽(Bimongsamong)
비몽사몽한 모습에서 오는 귀여움.

- 색상
황토색 몸과 흰색 배.

커피체리를 키우는 펭귄
사몽

- 과일
커피체리

- 귀여움
비몽사몽(Bimongsamong)
비몽사몽한 모습에서 오는 귀여움.

- 색상
짙은 갈색 몸과 흰색 배.

바닷속 깊은 곳, 반짝이는 산호초와 푸르른 해초로 둘러싸인 고래밥 마을. 오늘은 고래밥 마을에서 입학식이 열리는 특별한 날입니다. 아침 햇살이 투명한 물결을 타고 내려오자, 마을은 물방울에 덮인 듯 반짝입니다. 학교로 오는 친구들 발걸음에 저마다 재잘재잘, 복작복작 설렘이 있습니다. 오늘 고래밥 마을은 축제입니다.

이 특별한 날에 고래밥 마을로 손님 하나가 찾아왔습니다. 소문으로만 듣던 고래밥 마을을 직접 확인해보고 싶어서입니다. 먼바다에서 날아온 풍선 발싸는 세상을 여행하며 여러 마을의 문화를 아로새기는 탐험가입니다.

마을 초입에 도착한 발싸는 커다란 산호초와 신비로운 물방울 분수에 감탄하며 조심스럽게 주변을 살핍니다. 그런데 잠깐, 바닷물이 흔들리더니, 빛나는 별처럼 반짝이는 고래 한 마리가 나타납니다.

"안녕하세요. 고래밥 마을에 잘 오셨습니다.
이곳은 무리에서 소외된 친구들을 위해 만들어진
곳이에요. 우리는 모두 자신만의 과일을 키우며
살아갑니다. 이 과일들은 단순한 과일이 아니에요.
이 세상이 처음 열릴 때 귀여움을 만드는
신들이 우리에게 맡긴 특별한 씨앗에서 자라난
것들이랍니다. 과일들은 저마다 독특한 귀여움과
뜻을 품고 있습니다. 저는 황금사과를 키우는
고래, 루미노입니다."

발싸는 루미노의 눈부신 황금빛 몸과 부드러운 목소리에 마음을 빼앗겼습니다.

궁금증을 참지 못한 발싸가 묻습니다.

"여기가 소문으로 듣던 고래밥 마을이군요? 정말 아름답네요! 그런데 오늘 이 마을에서 무슨 일이 있는 건가요?"

루미노가 웃으며 고개를 끄덕입니다.

이야기를 나누는 사이, 높은 언덕 위에서
두 마리의 육지거북이 천천히 목을 빼고 있습니다.
"맞아요. 오늘은 우리 마을 학교 입학식
날이에요. 저기 보이세요? 옥상에 있는 쌍둥이
육지거북 아보와 카도에게 누가 오는지
알려달라고 해놨어요. 쟤들은 우리 마을에서 가장
멀리까지 볼 수 있는 친구들이거든요. 움직이는 걸
싫어해서 이쪽으로는 거의 내려오지 않지만요!"

발싸는 웃으며 손을 흔듭니다. 두 거북은 천천히 고개를 끄덕이며 손님을 환영합니다.

"우리는 매년 이맘때 입학식을 열고 키우는 과일의 새로운 씨앗을 받아요. 다양한 귀여움이 담긴 씨앗은 이제부터 겨울을 나고 봄에 열매를 맺게 될 거예요. 각자 긴 여름방학을 보낸 오늘은 입학식 날이죠. 우리는 반 편성을 하지 않아요. 같은 시간 속에서 함께 배우며 자랄 수 있도록 이곳에서는, 한 반에서 수업을 듣고 서로 이해하며 다름을 배우죠."

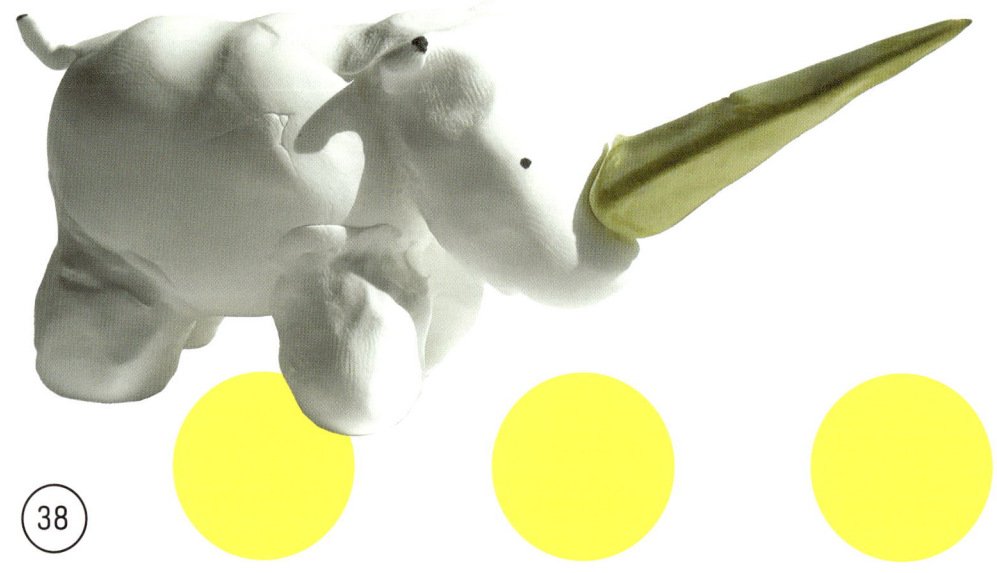

"수돗가 근처에 있는 저 녀석은 코뿔소예요. 신들의 열매였던 두리안을 몰래 먹은 벌로 유니콘의 뿔이 생긴 코뿔소죠. 황금빛을 내뿜는 유니콘의 뿔 때문에 코뿔소는 자신의 무리에서 쫓겨나게 되었어요. 그렇게 쫓겨났으면서도 여전히 두리안을 좋아해서 이곳에서도 두리안을 키우고 있어요. 단단한 피부 덕분에 두리안의 날카로운 가시들에도 끄떡없답니다. 황금빛 뿔이 공부하는 친구들을 돕기도 하고요. 여기 친구들은 오히려 코뿔소에게 황금빛 뿔이 있다는 걸 고마워하고 있답니다. 코뿔소도 이제는 자신의 뿔을 부끄러워하지 않아요."

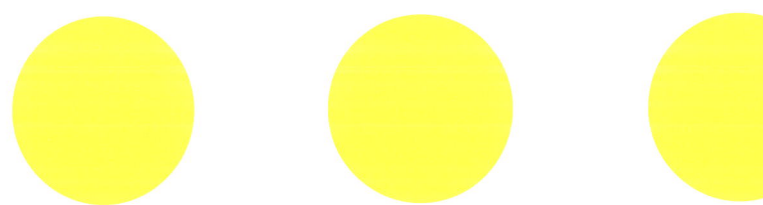

루미노가 학교 안으로 들어갑니다. 학교는 산호초와 해초로 꾸민 아름다운 건물로, 중앙에는 커다란 물방울 모양의 무대가 있어요.

"매~~~ 매~~~"
무슨 일인지 매실을 키우는 양, 매양이가 책상에 엎드려 울고 있습니다.
"혹시 오다가 매실 못 봤어? 잃어버린 것 같아. 덤벙대서 자주 잃어버리잖아."
"매양아, 어디에 뒀는지 또 기억이 안 나?"
매양이가 부끄러운 듯 대답합니다.

"분명히 들고 있었는데, 어느 순간 없어졌어."

이야기를 듣고 있던 친구들이 매양이를 걱정합니다. 무화과를 키우는 갈매기 피그가 매양이 옆에서 물어봅니다.

"혹시 내가 실수로 가져간 건 아니겠지?"

피그는 밝고 유쾌한 성격이지만, 가끔 스스로를 잘 챙기지 못할 때가 있습니다.

"그래도 한번 찾아볼게. 혹시 내가 물어다 둔 걸 깜빡했을지도 모르잖아."

그때, 대추를 키우는 가오리 추추가 나타납니다. 추추는 마을에서 가장 차분하고 침착한 친구로, 어려운 일이 있을 때마다 문제를 해결하는 데 도움을 주곤 해요.

"걱정 마. 나도 같이 매실을 찾아줄게. 대추나무 아래나, 다른 나무 근처도 한번 찾아보자. 분명 어딘가에 떨어져 있을 거야!"

매양이를 달래던 추추가 매실을 찾기 위해 친구들을 불러 모읍니다. 피그도 도움을 되겠다며 함께 날고, 친구들은 매실이 떨어져 있을 만한 곳을 구석구석 뒤지기 시작합니다.

매실을 잃어버린 매양이는 스스로를 탓하고 있습니다.

"왜 나는 늘 이런 실수를 할까… 친구들에게 도움이 되고 싶었는데, 오히려 힘들게만 하고 있어."

그 말을 들은 추추가 웃으며 말합니다.

"누구나 실수는 해. 괜찮아. 중요한 건 실수한 걸 알고 다음에는 나아질 수 있도록 노력하는 마음이야. 친구들에게 도와달라고 한 건 참 잘한 일이야."

피그도 날아와서 말합니다.

"맞아! 너 혼자 다 찾으려고 하면 너무 힘들잖아. 실수해도 괜찮아. 함께할 수 있잖아. 우리는 널 돕는 게 아니라 너와 함께하는 거야. 알겠지? 이렇게 우리가 함께할 수 있으니 괜찮아."

가만히 고개를 끄덕이는 매양이를 보고 안심한 루미노가 다시 학교를 한번 둘러봅니다. 만다린을 키우는 양 오만다가 교실로 들어가는 모습이 보입니다. 오만다의 뒤뚱거리는 걸음 뒤로 블루베리를 키우는 양 블루니, 쿠바라를 키우는 말미잘 미자, 살구를 키우는 고래 리코가 따라가는 모습도 보입니다.

"쟤들은 내일 쿠바에서 오는 키우니를 위해 해초과자를 만든다고 했거든요. 키우니는 쿠바샌드위치를 먹다가 입학식을 잊어버렸다지 뭐예요. 내일 온다네요. 그래도 키우니는 마을 친구들에게 늘 사랑받는 친구예요. 명랑하고 따뜻해서 누구와도 쉽게 어울리고, 마을에 쿠바 요리를 소개해 주기도 하거든요."

창밖으로 큰 배가 보입니다. 배에는 아사이를 키우는 바다표범 아이사가 타고 있습니다.
"아이사다!"
친구들이 창밖으로 반갑게 손을 흔듭니다. 놀고 있던 고래들과 펭귄들은 한껏 멋을 부린 모습입니다.

"크랜베리를 키우는 근육질 고래 크랜과 파인애플을 등에 진 펭귄 파이니 좀 봐요. 우스꽝스럽죠? 파이니는 파인애플 가시에 찔릴 때가 많지만, 크랜이 항상 가시를 빼주며 도와줍니다. 대신 크랜이 시력이 안 좋아 앞이 잘 보이지 않을 때는 파이니가 안내를 해준답니다. 딸기를 키우는 펭귄 베리는 둥글둥글한 체형 때문에 자주 넘어지는데 포도를 키우는 양 그레이피가 자신의 보드라운 털을 사용해서 베리가 다치지 않도록 잡아줍니다."

크랜은 큰 목소리로 자기 근육을 자랑하며 친구들에게 다가가지만, 조용한 성격의 베리는 그런 모습을 보기 힘들어합니다.

"너무 시끄러워."

베리가 작게 중얼거립니다.

"내 목소리가 커서 그래? 하지만 내가 없으면 이 반이 얼마나 조용하겠어!"

크랜이 농담처럼 말했지만, 베리는 상처를 받고 말았습니다.

복숭아를 키우는 양 피치와 멜론을 키우는 양 허니는 서로의 몸을 밀치고 당기며 장난을 치고 있습니다. 때로 허니가 피치에게 멜론 껍질로 덮개를 만들어주면, 피치는 그 껍질 속으로 쏙 들어가 장난을 칩니다. 배를 키우는 펭귄 배이비는 바나나를 키우는 펭귄 바니의 부리를 미끄럼틀처럼 타며 놀고 있습니다.

"봐, 이 부리! 내가 없으면 입학식이 얼마나 심심하겠어?"

바니는 친구들을 향해 우스꽝스러운 표정을 지어 보입니다. 그 모습을 웃으며 바라보던 루미노가 말합니다.

"바니가 길고 말랑말랑한 부리로 베이비를 살짝 튕기면서 함께 장난을 치고 있네요. 베이비는 한쪽 다리가 짧아 걷는 게 조금 불편한 친구예요."
무슨 일이 생겼는지 넷이 모여 서로 떠드는 소리가 들려 루미노는 그쪽으로 가까이 가봅니다.

"배는 모든 과일의 왕이야! 배가 제일 중요해."

"아니, 난 딸기가 더 중요하다고 생각하는데!"

"배도 딸기도 다 필요 없어. 뭐니 뭐니 해도 복숭아가 최고지!"

"아니야, 포도가 가장 중요한 과일이야."

친구들이 서로 자기가 키우는 과일이 최고의 과일이라며 말다툼을 벌이고 있습니다.

"얘들아, 누가 더 대단한 과일을 키우고 있는지가 그렇게 중요할까? 우리가 키우는 과일이 왜 중요한지 한번 생각해 봐. 과일을 키우면서 우리가 서로를 어떻게 돕고 함께 어우러질 수 있는지를 알아갈 수 있다는 게 근사한 거 아닐까?"

이제 루미노는 멋을 부린 친구들이 모여있는 곳을 안내합니다. 그곳에는 다 같이 먼바다에 나가서 놀다 들어 온 조개 차미, 오징어 네이블, 고래 피스타, 물개 사우리, 해달 앤디, 문어 라즈, 고래 버찌가 있습니다.

"아주 작은 고래 버찌는 앤디의 등에 탄 채 바다를 헤엄쳐요. 소리를 듣지 못하는 피스타는 바다에서 라즈의 빛을 따라 길을 찾죠. 튼튼하지 못한 몸을 가진 사우리는 네이블의 촉수가 보호해줘서 바다를 안전하게 다닐 수 있지요. 모두 혼자서는 어려운 일을 친구들과 함께 도우면서 잘 헤쳐 나가고 있어요."

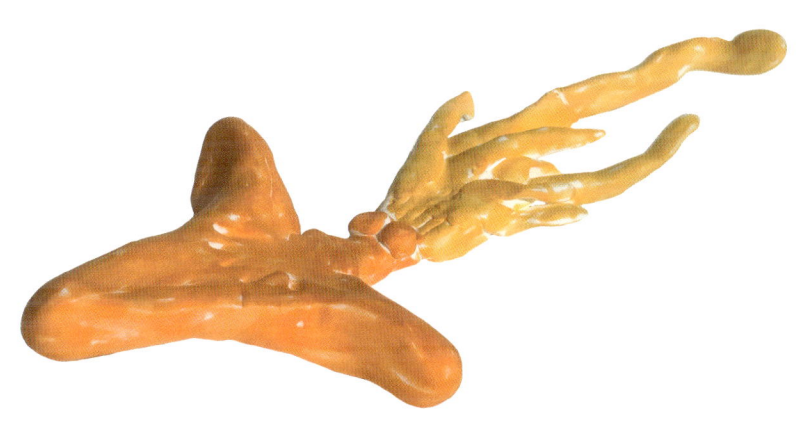

루미노는 참외를 키우는 조개 차미가 이곳에 처음 왔을 때 이야기를 들려줍니다.

　　"차미는 참외밭에서 지내다가 발견된 조개예요. 참외인 줄 알고 먹히려다가 버려졌죠. 자기가 어디에서 살았는지도 모릅니다. 그래서 다른 친구들과 어울리는 데에 어려움을 오래 겪었어요. 친구들과 어울리지 못하고 혼자 있는 시간이 많았습니다. 하지만 참외가 열매를 맺지 못하고 시들기 시작한 어느 날, 사우리가 나뭇가지 사이에 얽힌 해초를 정리해주고 피스타가 뿌리를 튼튼하게 고정해준 일이 있었어요. 그렇게 친구들이 함께 힘을 모으자 다시 열매를 잘 맺을 수 있었죠."

한쪽에서 노랫소리가 들려옵니다. 다섯 명 친구들이 춤 연습에 한창입니다. 루미노는 춤 연습을 하고 있는 해마 스타, 고래 드래고와 포멜로, 피스타에게 갑니다. 포멜로는 자몽처럼 둥글고 탱글탱글한 몸을 가진 친군데, 춤추는 모습이 정말 사랑스럽습니다.

포멜로가 몸을 흔들며 묻습니다.
"얘들아, 나 잘 추고 있는 거 맞아?"
스타가 대답합니다.
"완벽해! 포멜로, 넌 춤출 때 정말 귀여워!"
춤 연습이 점점 더 격렬해지니, 포멜로의 털이 사방으로 날리기 시작합니다. 그것도 모르고 친구들은 정말 신나 보입니다.

"포멜로, 네 털이 바람에 날아가고 있어!"
스타가 웃으며 소리칩니다.
"괜찮아! 지금은 춤추는 게 더 중요해!"
포멜로가 대답합니다.
드래고는 이 상황을 보고 웃음을 참지 못해요.
"난 털이 없으니 걱정할 필요가 없지. 봐, 머리에만 털이 있어서 춤출 때도 깔끔하다고!"
그 말을 들은 포멜로는 드래고를 향해 장난스럽게 말합니다.
"그럼 내 털 좀 모아줄래? 춤이 끝나고 나면 벌거숭이가 되겠어!"

친구들이 서로를 바라보며 웃고 있는 사이 무언가 생각이 났다는 듯 루미노가 급하게 어딜 가야 한다고 합니다.

"잠시만요. 이제 커피체리를 키우는 펭귄 비몽과 사몽이를 깨워야 할 시간이군요. 아직도 잠을 자고 있다니, 이러다가는 입학식에 늦겠어요. 깨우고 올 테니 둘러보고 계세요. 우리 마을에는 저마다 다른 모습을 가진 친구들로 가득하지만, 친구들은 늘 서로를 도우며 어떤 문제라도 해결해 간답니다. 이곳은 서로 다름을 소중하게 여겨 알고 함께 살아나가는 법을 배우는 곳이랍니다. 혹시 필요한 게 있으시다면 저쪽 구아바 나무 옆에서 책을 읽고 있는 듀공 구워와 매너티 와봐를 불러 주세요!"

에그머니

계란후라이 모양을 한 젤리.

무지개

젤리 친구들을 만나러 갈 수 있는 유일한 교통수단.

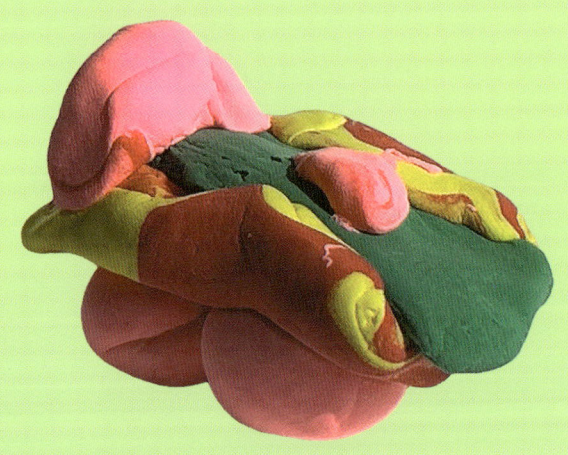

버거빌
햄버거처럼 여러 친구와 함께 붙어 다니는 젤리.

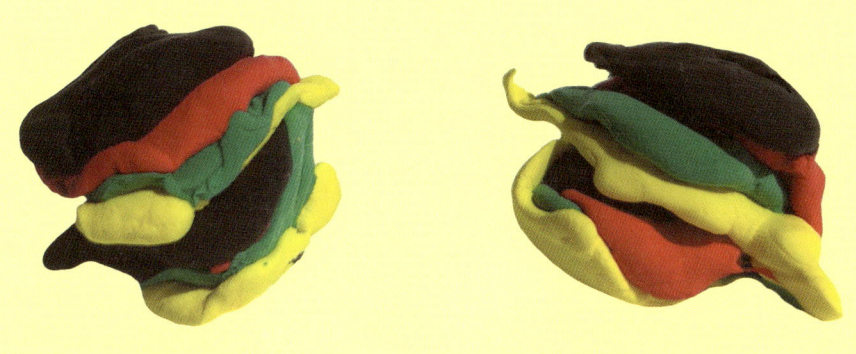

스카이
하늘처럼 넓은 마음을 품은 젤리.

점푸

점프 능력이 뛰어나고
항상 높이 뛰어오르는 젤리.

풍덩

매우 활동적이며
가장 멀리 뛸 수 있는 젤리.

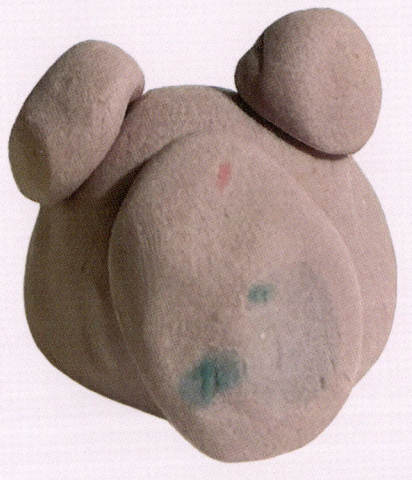

해머린
가장 힘이 센 젤리.

파운더
정확한 동작과 힘으로 운동을 잘하는 젤리.

더스트
작은 먼지 하나도 놓치지 않고 청소를 좋아하는 젤리.

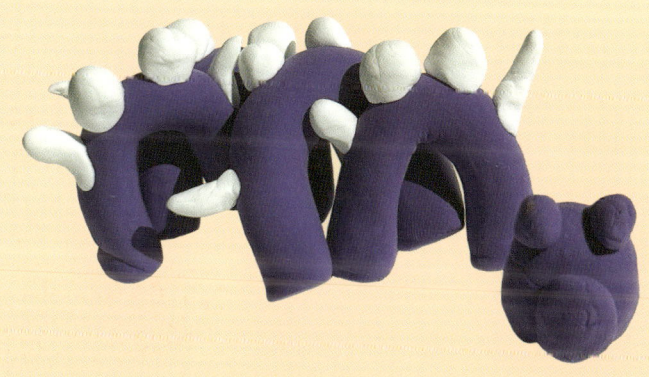

덕터 침착하고 냉정하며 이야기를 잘 이끄는 젤리.

퀘이키 빠른 말솜씨로 재치 있는 농담을 좋아하는 젤리.

웹비 조용하고 신중하며 중요한 말을 할 때는 항상 깊은 뜻을 전하는 젤리.

슬래시 모험을 즐기며, 대담한 아이디어를 잘 낼 줄 아는 젤리.

비플리 감성적이고 예술적인 면모를 가진 젤리.

자글러 말장난을 즐기며, 항상 유머를 곁들여
대화할 줄 아는 젤리.

빌리버 낙관적이고 긍정적인 믿음의 에너지를
전파하는 젤리.

그린스 자연을 사랑하고 자연과 관련된
이야기를 많이 하는 젤리.

올리버 호기심이 많고 많은 질문을 통해 대화의
방향을 새롭게 만들 줄 아는 젤리.

글래스
창문 너머 세상에 대한
풍부한 상상력을 가진 젤리.

비스타
무언가를 비우는 것을 좋아하는 젤리.

에어
공중에서 자유롭게
날아다니는 젤리.

리프트
다른 친구들을
공중으로 들어
올려주는 젤리.

플라이넛
날아오르는 데 멋진
능력을 가진 젤리.

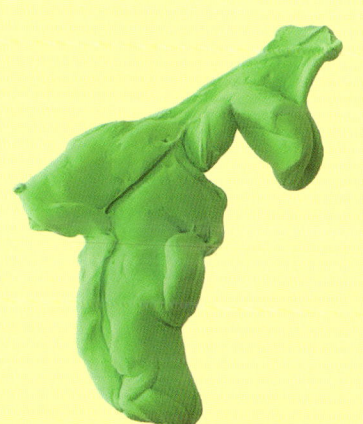
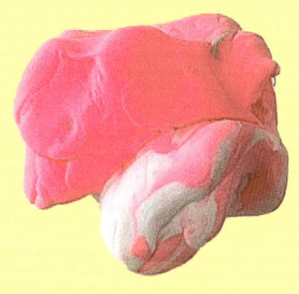

뜨거운 수증기와 차가운 수증기 사이로 자동차가 나타납니다. 수증기 가득한 노란 세상에 살고 있는 이 자동차의 이름은 무지개입니다. 젤리 친구들을 만나려면 반드시 무지개를 타야 합니다.
"안녕, 너희들이 오늘 젤리 친구들을 만나러 가는 친구들이구나? 우리는 젤리 친구들이 수업을 듣는 노란 고깔 학교로 갈 거야. 오늘 새로운 친구가 전학 온다고 했거든. 자 이제 출발할게!"

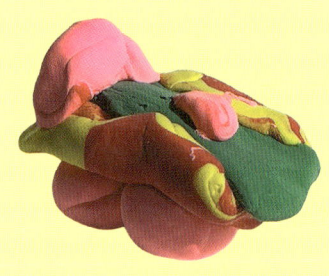

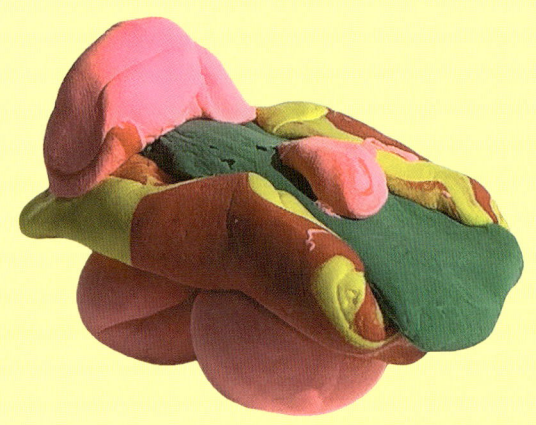

젤리 친구들을 만나러 가는 길은 모든 것이 새롭고 신기해요. 빨간 수증기가 모여 있는 윗세상에는 빨간 과일 여럿이 작은 보석처럼 빛나며 자라고 있습니다. 딸기, 사과, 라즈베리, 껍질 없는 수박들이 둥둥 떠다니고 공기는 달콤한 체리 향으로 가득 차 있어요.

그곳을 거쳐 도착한 파란 수증기가 모여 있는 아래 세상에는 포도 구름이 떠다니고 블루베리 향이 가득 차 있습니다.

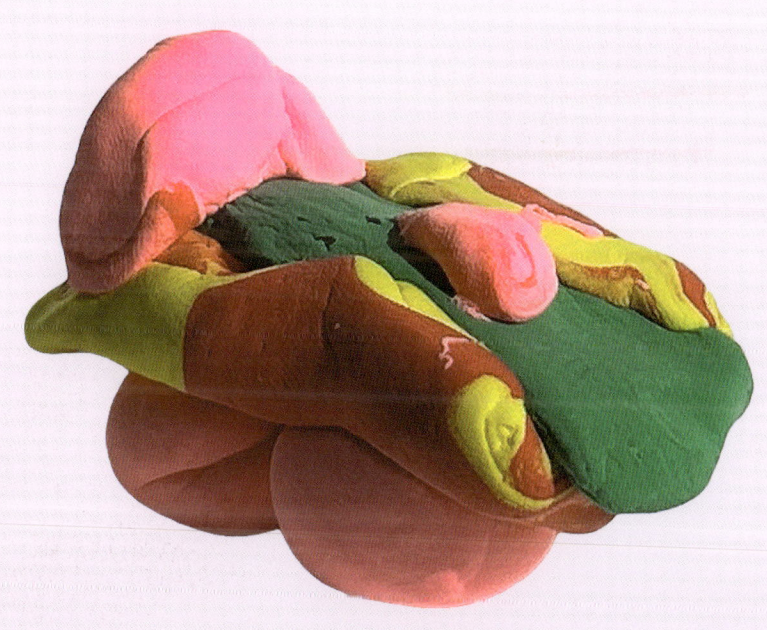

이 두 세상 사이에 젤리 친구들이 살고 있습니다. 젤리 친구들은 이곳에서 여러 과일을 먹으면서 자기 몸을 색색으로 물들이고 있어요. 빨간 수증기부터 파란 수증기의 세상까지 왔다 갔다 하면서 많은 과일을 먹으면 아름다운 무지개색부터 희고 검은 색까지 다양한 색을 몸에 물들일 수 있죠.

"이제 도착했어. 마침 지금은 학교 쉬는 시간이야. 젤리 친구들이 모여서 놀고 있는 모습이 보이지?"

젤리 친구들이 하나둘씩 모습을 보입니다.
다양한 색깔과 모양의 젤리로 만들어져 있어요.
"이 친구가 새로 전학 온 친구인가 봐. 안녕?"
무지개가 손을 흔듭니다.
"안녕. 나는 에그머니야. 빨간 수증기 속에서 살고 있어."

에그머니는 쑥스러운 듯 주위를 둘러봅니다.
그때 딱지 치기를 하던 버거빌이 부릅니다.
"이런 게임 처음 봐! 어떻게 하는 거야?"
"이렇게 딱지를 던져서 상대방 딱지를
뒤집으면 돼. 해봐, 에그머니!"

에그머니는 조심스레 딱지를 던졌고, 운 좋게 상대 친구 딱지를 뒤집었어요. 모두 박수를 치며 축하합니다.

"와, 잘했어, 에그머니! 너 정말 자연스러운데!"

에그머니가 미소를 지으며 고마움을 표현합니다.

"고마워! 이렇게 노는 건 정말 재미있네. 다른 친구들에게도 인사하고 싶은데!"

다른 친구들과도 친해지고 싶어진 에그머니가 공기놀이를 하고 있는 스카이에게 다가가 인사하려는 순간, 갑자기 공이 날아옵니다.

"나이스 캐치! 에그머니! 공을 던져서 누가 더 높이 뛰어올라 공을 잡는지 겨루고 있었어."

"이렇게 던지면 되나?"

에그머니가 던진 공은 위로 높이 솟구쳤고, 높이 뛸 수 있는 점푸와 멀리 뛸 수 있는 풍덩이 웃으며 그 공을 잡기 위해 뛰어오릅니다.

에그머니는 말뚝 박기를 하고 있던 해머린에게 다가가 친근하게 말을 걸어 봅니다. 해머린이 에그머니의 적극적인 태도와 따뜻한 마음씨에 감동 받은 것 같습니다.

"에그머니야 얼른 와. 내 위에 올라 타봐. 운동을 잘하는 내 친구 파운더랑 같이 놀자."

"너희들은 매일매일 이렇게 재미있게 놀아? 정말 멋져!"

"그래, 우리는 쉬는 시간마다 새로운 게임을 해. 너도 이제 우리 친구야, 에그머니."

"그런데 저기 계단에 모여 있는 친구들은 뭐 하고 있는 거야?"

"쟤들은 매일 중앙 계단에 모여서 재밌는 이야기를 나누지. 쟤들이 이야기를 시작하면 주변으로 친구들이 우르르 모여. 지금도 여러 친구가 주위에 있잖아. 보이지?"

에그머니는 계단으로 가서 친구들의 이야기를 듣습니다. 오리를 닮은 젤리들, 덕터, 퀘이키, 웹비, 슬래시, 비플리, 자글러, 빌리버, 그린스, 올리버가 모여 있습니다. 덕터가 시작한 이야기가 모두의 관심을 끕니다.

"오늘은 학교 근처 바다에서 벌어진 신비한 사건에 대해 이야기 하려고 해. 바로 마법의 젤리 물에 관한 건데…"

"와, 벌써 신나는데! 그 물을 마시면 뭐가 되는데?"

"덕터. 그 물의 비밀은 뭐야? 거짓말 아니지?"

"아니야, 내가 먹어봤다니까. 그걸 먹고 젤리킹에 놀러 갔는데 친구들이 나를 아무도 알아보지 못했어."

"어제 드라마에서 본 내용이잖아."

"아니라니까. 진짜야. 너희들도 오늘 같이 가서 마셔볼래?"

"됐어. 이제 믿지 않을래."

"알겠어, 그럼 오늘은 공부 대신 뭘 할까? 우리 모두가 즐길 수 있는 신나는 걸 찾아보자. 퀘이키, 너는 뭘 하고 싶어?"

"젤리 월드에 가서 젤리 슬라이드를 타는 건 어때? 그 슬라이드, 정말 짜릿하잖아! 웹비, 어때?"

"좋은 생각이야, 하지만 난 좀 움직이기 귀찮아서. 그러지 말고 우리 젤리 조각으로 커다란 모자이크를 만들어보면 어떨까?"

움직이는 걸 싫어하는 비플리도 옆에서 말합니다.

"음악과 함께할 수 있는 놀이는 어때? 젤리 드럼을 만들어서 함께 노래를 불러 보자."

갑자기 덕터가 말을 합니다.

"그런데 나 한 가지 제안하고 싶은 게 진짜 마법의 젤리 물을 찾으러 가지 않을래?"

그러더니 이번에는 제법 진지하게 자신이 발견한 신비한 물에 대해 설명하기 시작합니다. 다른 친구들도 푹 빠져서 그 이야기를 듣습니다.

"음… 우리가 저 물을 마시면 어떤 모험을 할 수 있을지. 그럼 오늘 오후에 탐험을 한번 가보자고!"

이야기를 듣던 다른 친구들도 신나서 탐험을 계획하기 시작합니다.

이야기를 듣고 있던 에그머니가 물어봅니다.

"나도 같이 가도 될까?"

"미안, 같이 갈 수 없어. 우리끼리만 할 이야기가 있거든."

마음이 상한 에그머니는 혼자서 공을 가지고 놀기 시작합니다.

그때 청소하는 더스트가 시무룩한 표정으로 혼자 놀고 있는 에그머니를 보고 다가옵니다. 더스트는 항상 학교를 반짝반짝 깨끗하게 쓸고 닦는 친구로 누구보다 친절하고 따뜻한 마음씨를 가지고 있습니다.

"에그머니, 나랑 청소하면서 놀자."

처음에는 망설이던 에그머니지만 더스트의 따뜻한 미소를 보고는 기쁜 마음으로 함께 청소를 시작합니다.

"모든 친구가 처음부터 널 잘 알지는 못해.
하지만 시간이 지나면 그 친구들도 네가 얼마나
사랑스러운 젤리인지 알게 될 거야. 너도 그
친구들한테 네 진짜 모습을 용기 내서 한번 보여줘
보는 거야. 언제나 열린 마음과 따뜻한 마음으로
누군가를 사랑할 준비가 되어 있는 네 진짜 모습
말이야."

에그머니는 처음 학교에 왔을 때의 두려움과 외로움이 사라지는 것 같습니다. 청소를 하면서 창문을 닦는 글래스와 쓰레기통을 비우고 있는 비스타와도 이야기를 나누었습니다. 그 모습을 본 공중에서 놀고 있는 에어와 날아오르는 데 멋진 실력을 가진 플라이넛, 다른 친구를 공중으로 들어 올려주는 능력을 가진 리프트도 다가와 함께 청소를 하며 에그머니와 다 같이 친구가 되었습니다.

"에그머니가 벌써 이렇게나 많은 친구를 사귀었군요. 그런데 이제 우리도 돌아가야 할 시간이 됐어요!"

무지개가 에그머니를 흐뭇하게 바라보며, 출발합니다.

이제 젤리 친구들이 있는 곳을 떠나, 빨간 수증기와 파란 수증기가 만드는 환상적인 경계를 넘어, 우리 세상으로 갑니다. 저 멀리, 빨갛고 파란 수증기가 지평선 가운데로 모여들고 있습니다. 지평선이 오렌지색과 분홍색 그리고 보라색으로 물듭니다. 아름다운 지평선 사이로 젤리 친구들이 하나둘 사라져갑니다.

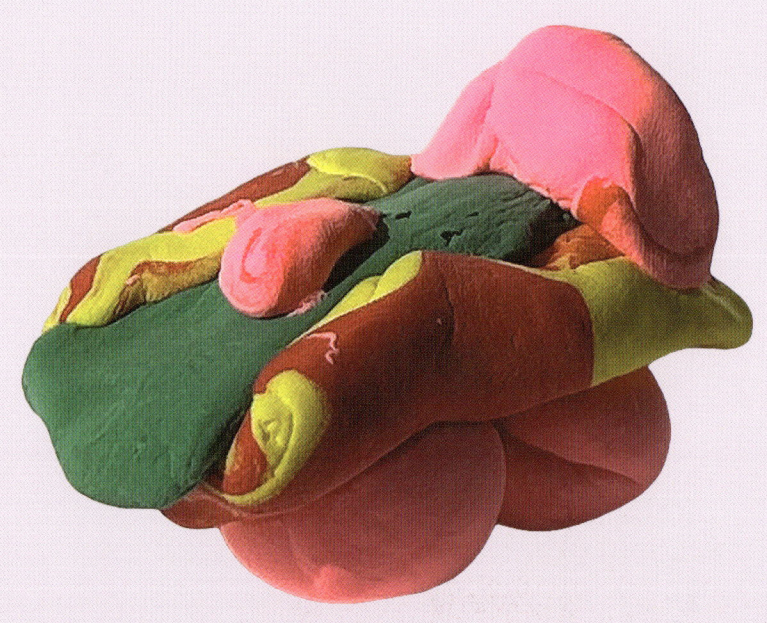

"친구들, 우리 여행은 여기까지야. 친구라는 건 처음부터 모든 것을 알고 시작할 수는 없어. 서로에 대해 아무것도 모르던 우리가 만나 서로를 배우고 이해해가면서 친구가 되는 거니까. 늘 마음을 열고 새로운 친구를 맞이해봐. 친구는 어디에서든 너희를 기다리고 있을 테니. 그럼 안녕!"

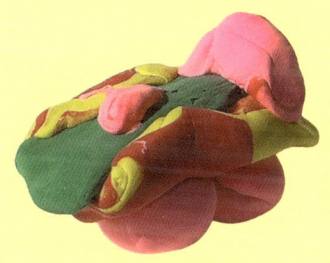

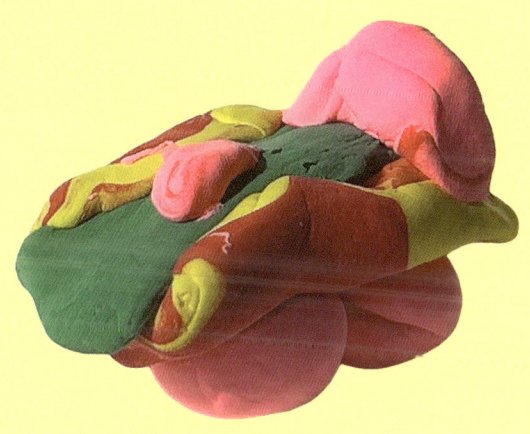

"고래밥 아저씨는 잠깐 나가셨는데 저하고 놀고 있을래요? 그런데 제가 앞머리를 너무 많이 잘랐어요. 좀 이상한 것 같아요. 저한테 어울리나요? 폴짝, 폴짝, 폴짝. 저를 따라오세요. 여기에 앉아 놀고 있으면 고래밥 아저씨가 와서 이야기를 들려줄 거예요. 아저씨가 과자랑 젤리부터 장난감, 그림, 만들어 놓은 것들까지 선물로 준답니다. 엇 저기 고래밥 아저씨가 왔어요!"

"에그머니가 벌써 이렇게나 많은 친구를 사귀었군요. 그런데 이제 우리도 돌아가야 할 시간이 됐어요!"
무지개가 에그머니를 흐뭇하게 바라보며, 출발합니다.

이제 젤리 친구들이 있는 곳을 떠나, 빨간 수증기와 파란 수증기가 만드는 환상적인 경계를 넘어, 우리 세상으로 갑니다. 저 멀리, 빨갛고 파란 수증기가 지평선 가운데로 모여들고 있습니다. 지평선이 오렌지색과 분홍색 그리고 보라색으로 물듭니다. 아름다운 지평선 사이로 젤리 친구들이 하나둘 사라져갑니다.

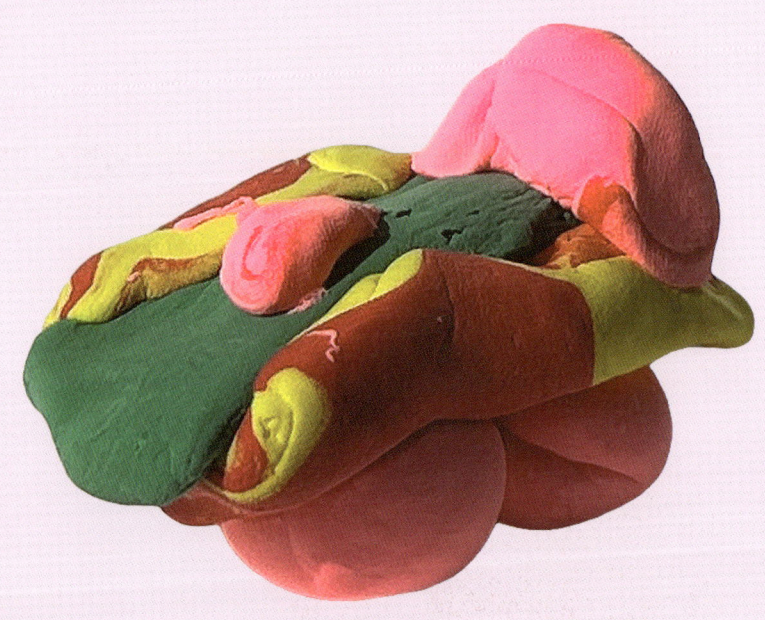

"친구들, 우리 여행은 여기까지야. 친구라는 건 처음부터 모든 것을 알고 시작할 수는 없어. 서로에 대해 아무것도 모르던 우리가 만나 서로를 배우고 이해해가면서 친구가 되는 거니까. 늘 마음을 열고 새로운 친구를 맞이해봐. 친구는 어디에서든 너희를 기다리고 있을 테니. 그럼 안녕!"

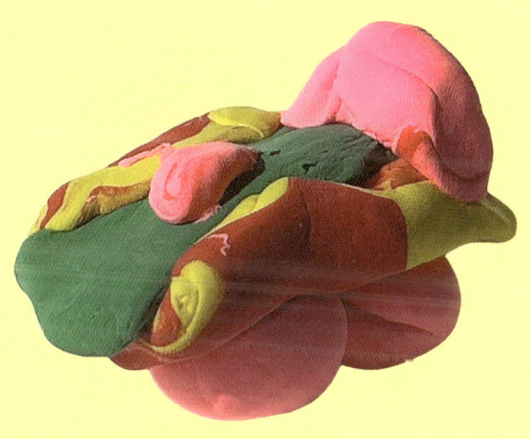

"고래밥 아저씨는 잠깐 나가셨는데 저하고 놀고 있을래요? 그런데 제가 앞머리를 너무 많이 잘랐어요. 좀 이상한 것 같아요. 저한테 어울리나요? 폴짝, 폴짝, 폴짝. 저를 따라오세요. 여기에 앉아 놀고 있으면 고래밥 아저씨가 와서 이야기를 들려줄 거예요. 아저씨가 과자랑 젤리부터 장난감, 그림, 만들어 놓은 것들까지 선물로 준답니다. 엇 저기 고래밥 아저씨가 왔어요!"

"폴짝이와 함께 그림을 그리고 있었구나? 사실 폴짝이는 내 친구가 키우는 개구리란다. 아저씨한테 무척 따뜻하고 친근하게 대해준 친구인데 그 친구와 나는 좋아하는 걸 함께 먹으면서 친해졌거든. 쫄병스낵, 고래밥, 미쯔, 모구모구, 닭다리너갯, 계란과자, 칸쵸, 하리보, 홈런볼, 빼빼로, 짱구, 초코비, 마이쮸, 마이구미, 프링글스… 먹으면서 내가 잘 모르는 이야기를 신나게 쏟아내더구나. 이 과자 캐릭터는 이래서 좋고, 저거는 또 저래서 좋고, 이 맛은 또 어떻고 하면서 말이야. 그러다가 갑자기 진짜 중요한 일이 생각났다는 듯이 다른 얘길 시작하는 게 아니겠어?

학교에서 새롭게 반 편성을 했는데 자기하고 친한 친구들과 같은 반이 되지 않았다고 하는 거야. 자기는 친하지 않은 다른 친구들과 같은 반이 되었는데 다른 친구들은 친한 친구들끼리 한 반이 되어서 무척 부러워 하더라고. 학교 가기 싫다고 친한 친구들이 모여있는 반으로 옮기고 싶다는 이야기만 계속 하더구나. 그런데 아저씨는 그 친구 마음을 어떻게 위로해야 할지 잘 몰랐어. 그렇지만, 매년 겪어야 하는 반 편성이 어쩌면 그 친구에게 꼭 필요한 것이라는 생각을 했던 것 같아.

그래서 이곳은 내가 그 친구의 마음을 위로하고 새로운 반에서 잘 적응할 수 있기를 응원하기 위해 만든 곳이야. 너는 그런 적 없었니? 낯선 곳에서 새롭게 누군가를 만나는 일 말이야. 그 사람들과 함께 어우러지고 거기에서 잘 적응하려면 우리가 무엇을 어떻게 해야 하는 걸까? 여기 이 과자랑 젤리 좀 먹어 보렴. 우리 이거 함께 먹으면서 그림도 그리고 이야기 한번 해보는 게 어때?"

신동혁

지역예술재료연구소 대표이자 두 아이의 아빠입니다. 동네 사람들의 다양한 이야기를 기록한 〈은하서울(2022)〉, 청소년과의 공동창작 〈은하슈퍼 개업하기(2022)〉를 기반으로 어린이·청소년을 위한 전시 〈슈퍼짠(2024)〉을 선보였습니다. 그동안 책 『이사 갔읍니다(2024)』, 『반음을 몰려 보아요(2024)』, 『말하는 문래 2(2022)』, 『말하는 문래(2021)』, 『문래의 언어(2020)』를 쓰고 전시 〈노량진 아카이브(2024)〉, 〈열우물 아카이브(2024)〉, 〈흑석의 언어(GATE3, 2020)〉, 〈문래의 언어(떠오는 사람들, 2019)〉, 〈착화점(2017)〉, 〈문래의 언어(2016)〉 등을 기획하였습니다.

슈퍼짠

고래밥 마을과 젤리 친구들

초판 1쇄 발행 2024년 12월 31일

지은이 | 신동혁
편집 | 안희성
디자인 | 물질과 비물질
펴낸곳 | 이름사
출판등록 | 제 2024-000130 호
전자우편 | milkywayseoul@gmail.com
후원 | 한국문화예술위원회

ⓒ 신동혁, 2024, printed in Korea

ISBN 979-11-990537-0-0 (43810)

슈퍼짠은 한국문화예술위원회
'2024년 어린이·청소년을 위한 예술지원' 사업
선정작품입니다.

이 책의 판권은 지은이와 이름사에 있습니다.
이 책 내용의 전부 또는 일부를 재사용하려면
반드시 양측의 서면 동의를 받아야 합니다.

잘못된 책은 구입하신 서점에서 교환해드립니다.

www.milkywayseoul.kr